Nota para los padres y encargados:

Los libros de *Read-it!* Readers son para niños que se inician en el maravilloso camino de la lectura. Estos hermosos libros fomentan la adquisición de destrezas de lectura y el amor a los libros.

 El NIVEL MORADO presenta temas y objetos básicos con palabras de alta frecuencia y patrones de lenguaje sencillos.

 El NIVEL ROJO presenta temas conocidos con palabras comunes y oraciones de patrones repetitivos.

 El NIVEL AZUL presenta nuevas ideas con un vocabulario más amplio y una estructura gramatical más variada.

 El NIVEL AMARILLO presenta ideas más elevadas, un vocabulario extenso y una amplia variedad en la estructura de las oraciones.

 El NIVEL VERDE presenta ideas más complejas, un vocabulario más variado y estructuras del lenguaje más extensas.

 El NIVEL ANARANJADO presenta una amplia de ideas y conceptos con vocabulario más elevado y estructuras gramaticales complejas.

Al leerle un libro a su pequeño, hágalo con calma y pause a menudo para hablar acerca de las ilustraciones. Pídale que pase las páginas y que señale los dibujos y las palabras conocidas. No olvide volverle a leer los cuentos o las partes de los cuentos que más le gusten.

No hay una forma correcta o incorrecta de compartir un libro con los niños. Saque el tiempo para leer con su niña o niño y transmítale así el legado de la lectura.

Adria F. Klein, Ph.D.
Profesora emérita, California State University
San Bernardino, California

Translation and page production: Spanish Educational Publishing, Ltd.
Spanish project management: Jennifer Gillis/Haw River Editorial

First Spanish language edition published in 2007
First American edition published in 2003
Picture Window Books
5115 Excelsior Boulevard
Suite 232
Minneapolis, MN 55416
1-877-845-8392
www.picturewindowbooks.com

First published in Great Britain by Franklin Watts, 96 Leonard Street, London, EC2A 4XD
Text © Maggie Moore 2001
Illustration © Paula Knight 2001

Printed in the United States of America.

Library of Congress Cataloging-in-Publication Data
Moore, Maggie.
[Little Red Riding Hood. Spanish]
Caperucita Roja / por Maggie Moore ; ilustrado por Paula Knight ; traducción, Patricia
Abello.
p. cm. — (Read-it! readers en español)
Summary: A retelling of the folktale in which a little girl meets a hungry wolf in the forest
while on her way to visit her grandmother.
ISBN-13: 978-1-4048-2687-8 (hardcover)
ISBN-10: 1-4048-2687-4 (hardcover)
[1. Fairy tales. 2. Folklore—Germany. 3. Spanish language materials.] I. Knight, Paula, ill.
II. Abello, Patricia. III. Little Red Riding Hood. Spanish. IV. Title. V. Series.

PZ74.M66 2006
398.20943'02—dc22   2006005760

Caperucita Roja

por Maggie Moore
ilustrado por Paula Knight
Traducción: Patricia Abello

Asesoras de lectura:
Adria F. Klein, Ph.D.
Profesora emérita, California State University
San Bernardino, California

Ruth Thomas
Durham Public Schools
Durham, North Carolina

R. Ernice Bookout
Durham Public Schools
Durham, North Carolina

PICTURE WINDOW BOOKS
Minneapolis, Minnesota

Érase una vez una niña que
se llamaba Caperucita Roja.

5

Caperucita Roja vivía con su mamá
y su papá en una cabaña del bosque.

Un día fue a llevarle un pastel
a su abuelita enferma.

La abuelita vivía del otro lado
del bosque.

En el bosque vivía un lobo feroz.

Caperucita Roja se detuvo por el camino a recoger flores.

El lobo feroz se le acercó.

—Hola, niña —gruñó el lobo feroz—. ¿Adónde vas?

—Voy a llevarle un pastel a mi
abuelita —dijo Caperucita Roja.

El lobo tenía un plan. Tomó un atajo hasta la cabaña de la abuelita y tocó a la puerta.

—Hola, Abuelita —gruñó—.
Soy yo, Caperucita Roja.

"Ésa no es Caperucita Roja", pensó la abuelita. Corrió a esconderse en el armario.

El lobo abrió la puerta y entró.

—¡Aquí no hay nadie! —dijo.

El lobo se puso el camisón y la cofia
de la abuelita. Después saltó a la cama.

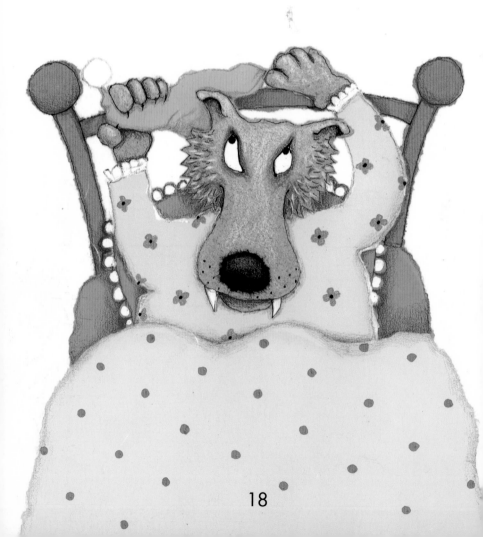

Al poco rato Caperucita Roja tocó
a la puerta de la cabaña.

—Entra, mi amor —dijo el lobo
y se lamió los labios.

—¡Qué orejas tan grandes tienes,
Abuelita! —dijo Caperucita Roja.

—Son para oírte mejor

—gruñó el lobo.

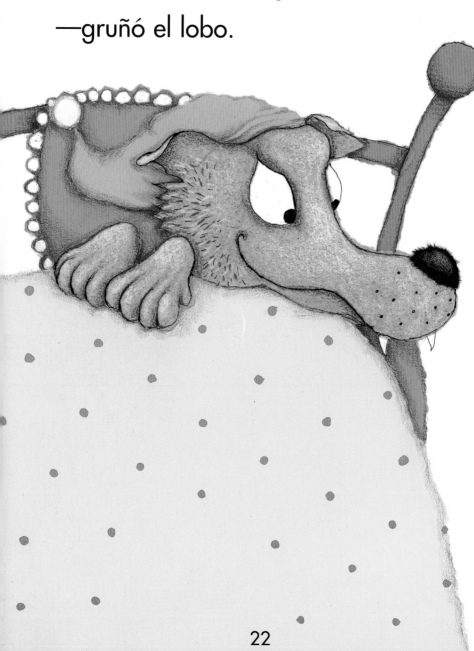

—¡Qué ojos tan grandes tienes,
Abuelita! —dijo Caperucita Roja.

—Son para verte mejor
—gruñó el lobo.

—¡Qué dientes tan grandes tienes, abuelita! —dijo Caperucita Roja.

—¡Son para COMERTE MEJOR!

—rugió el lobo y saltó de la cama.

En ese momento, un leñador pasó por ahí. Entró a la cabaña y espantó al lobo.

Caperucita Roja estaba a salvo.

Caperucita Roja oyó un golpe desde
el armario. Cuando lo abrió, salió
su abuelita.

—¡No volveré a hablar con desconocidos en el bosque! —dijo Caperucita Roja.

Más *Read-it!* Readers

Con ilustraciones vívidas y cuentos divertidos da gusto practicar la lectura. Busca más libros a tu nivel.

Campamento de ranas	1-4048-2682-3
Dani el dinosaurio	1-4048-2706-4
El gallo mandón	1-4048-2686-6
El mono malcriado	1-4048-2688-2
El salvavidas	1-4048-2702-1
En la playa	1-4048-2685-8
La cámara de Carlitos	1-4048-2701-3
La fiesta de Jacobo	1-4048-2683-1
Lili tiene gafas	1-4048-2708-0
Los osos pescan	1-4048-2696-3
Luis y la lamparilla	1-4048-2704-8
Mimoso	1-4048-2710-2
¡Todo se recicla!	1-4048-2689-0

CUENTOS DE HADAS

Los tres cerditos	1-4048-2684-X

¿Buscas un título o un nivel específico? La lista completa de *Read-it!* Readers está en nuestro Web site: *www.picturewindowbooks.com*